明けぐれの人

風森さわ詩集

詩集　明けぐれの人＊目次

Ⅳ

詩集　明けぐれの人

I

父の徳利——キミは死ぬに死ねない（一）

キミの父は
古くは名のある血筋の末裔
壮年には村長も務め
俳句や書画の筋もなかなかで
まずはひとかどの人物と目されたが
その晩年がいただけない

七人姉兄の末っ子で年の離れたキミは
父に持たされた空の酒瓶ぶら下げて
小学五年六年の村の学校帰りに

ツケの酒屋に寄り道を強いられた
細い田圃道の通せんぼ
はやしたてる苛めっ子らの
容赦ないからかいや小突き
その悔しさ苦しさ悲しさを
すでに世に亡き母は知らず
こわい父にはやっぱり言えずに

キミはもう
自分が死にゆく今ごろに
せめて一言我が子らにでも
言わずに死ねない
死ぬに死ねないあの徳利

夕べの踏切——キミは死ぬに死ねない（二）

暮れ方の狭い商店街
その小さなざわめきの遠くから
踏切のカンカンカンが聞こえる
ねんねこを揺さぶって
ほらっくるよ！　と
キミは必死に小走る
おんぶの小さな両足がうれしがって
バタバタ背中をたたく

赤々と広がる夕焼けに
連結の短い汽車が
大車輪を轟かせて
薄闇の遠くへ
みるみる小さくなって行く
瞼に胸に染みつくのは
暖かそうなあの黄色い
窓　窓　窓
ふるさと長野へ向かう中央線

あれにさえ乗れれば田舎に帰れる……
連れられて来た初めての東京で
年は一つ上の十五と言わされ
子守りを兼ねた女中奉公

若奥様は神経質な令嬢育ちで
田舎娘に容赦がなかった

九十を越したその死に際で
ひとこと言わずに死ねんのよ
くり返しくり返し口走らずに
キミちゃんは死ぬに死ねない
あの踏切の
カンカンカンと
黄色い窓

黒い蓋の中のトレモロ

開きはじめた白百合の
香りしめやかに漂う夕闇
したたり止まない窓は長雨
小さな弾き手はどこに行った

親の顔して！
三つ子の魂
裸で秤にのせられたと
思春期に鮮やかなシッペ返し

白黒キーで言葉にできない何かを
言葉にしようとしてのあれは
わき目もふらないレッスンだったか

永遠の否定形と思わせる
その双曲カーブの分岐点
洗練されていく腕の先端で
一音一音少女を脱いでいった
十七歳よ

黒い鍵盤楽器の蓋の内に
鳴り止まない
まぼろしのトレモロは

草むらのドア

空色の一枚の小さなドアは
庭とも空き地ともしれない
草むらの中に
ぽつんと立てかけられていた
真ん中に大きく
「ゆめのくに」とある字は
ペンキがはげかかっていた

七つの女の子は

ときおり乗るバスの行き帰りに
いつも目をこらして見つめていた
　ドラえもんの
　どこでもドアだぁ
　一回でいい
　開けてみたぁい！
　というのだった

その娘が学業を終えた年
願った仕事の戸口には
氷河のカケラが
いく筋もの渦を巻いて流れていた
空色のドアは
開けても

開けても
扉の中はまた扉だった

望みは千切れそうになりながら
握りしめた手の汗のうちには
危うくも消えずにあったのか
ある年彼女は
ようやく　それを
ささやかだけど空色の
自分のドアを
作り始めたらしかった

またの名こそ
ゆめのくに

であった

夜明けのキクさん

おぼろな夜明けの
チンチン電車
敷石わきのアスファルトをゆく
荷馬車を引く栗毛たち
ポタリ　ポタリ　と
藁のお椀の落し物を残しながら

小柄なキクさんが
いつの間にか通りにいて

ちびた竹箒でその置き土産を
せっせと掃き集めてどうにかしている
着古した着物姿と
壊れた木箱みたいな塵取りが
この曖昧なつかの間だけに見える

明治の片田舎の生まれで
自分の名前ぐらいしか書けなかった
キクさんだったが
いつだって私には
優しいおばあちゃんだった

高校の授業中ふいに呼ばれて
大急ぎで帰ったら

おばあちゃんはもうお棺の中だった
三月ばかり寝たきりだったが
どうしても本当だと思えなかった
学校とバイトで看病もしないままで

白む空にいつしか
かき消すように溶けてしまう
はるかな時の残像
昭和は急ぎ足で霞んでゆく

夜明けのキクさん
私はあなたに
いつか優しかっただろうか
それだけが

何か思い出せない気がかりのように
明けぐれの靄をゆする

明け方も会えない

明け方に会う人には
目覚めては決して会えない
おぼろげにそれかと見る間
寄る辺なき道に漂うままに
とけ入るように消えてしまう

生まれ急いだ初めての子は
一昼夜もなく息絶えて
一目も会えないままだったから

明け方にさえ現れない

聞けばその刻
迷い抜いていた夫が
死んだ赤子は見せてはいけない
母親は気が触れてしまうと
身近な例《ためし》を聞かされての
苦渋の選択だったという

新生児室のケースの中で
名付けられる間もないままに
互いに一度も顔も見ず
いまだ明け方にも
幻にさえ会えないままで

それは名もない者のせいではない
むしろ親を恨むほどにも
生きられなかった
おまえのその薄幸を
黙ってそっと抱きしめていよう
朝もやの儚い時の間にも

真夏、かぐろき

人通りも途絶えたカンカン照り
喘ぐ八月の道端で
突如　母が立ち止まる
　いっそもう
　みんなで死んじゃおうか

絶句する胸の冷たいコロイド
ブルブル震えて息が苦しい
　ナニ言っとるの！

…ヤダ　わたしは……ヤダからね
溺れるようにわなないて
立ち尽くした十四歳
付き添った医院からの帰り道で

敗戦間際の大空襲で一家六人
着の身着のまま焼け出された
さらにも背中を焼夷弾にやられた父が
戸板で担ぎ込まれた市民病院で
折れた肋骨六本の癒える間もなく
結核に追い撃ちされた

以来十年余り　生計は
非力な母の全身にみっしりと食い込んで

毎晩ずぶぬれのモッコのように眠った
あげくにその母もまた父と同じ結核かと
町医者は事もなげに言ったのだ

こぼすまいと口を結んで
ぐっと目を凝らしたまま空を仰いだ
あの真夏の母の潤む瞼は
ただ娘に拒まれたというばかりではない

それは今なら分かる
死をも受け入れて
どこまでも母と一緒にというよりも
堪えきれないあのやり切れなさを
そばで誰かが黙ってそっと受けとめる

そんな小さな優しさのようなものが
十四なりにあればよかった　と

六十数年経った今も
ふいにセミの声が遠のいて
二人の小さな影がしみのように動かない
あのかぐろい真夏の空がある
せめてコロナの禍事《まがごと》も
まさか戦火のウクライナも
知らぬままで
母、今年　十三回忌

Ⅱ

砂漠の薔薇

風が渡っていく
乾ききった微細な流砂が
さらさら
さらさらと
どこまでもくり返し流れていく
広大な砂丘が
見はるかす果てまで続く
サハラ砂漠のただ中で
声もなく

呑み込まれるように立ち尽くす

その時私はだれなのか
どこからどうしてやって来たのか
生まれや歳や性　仕事や家族　住い……
身にまつわる何もかもが
茫洋と煙るように
砂のうねりに巻かれていく

やがて遠い丘陵のかなた
陽はゆるやかに　と見る間に
忽然と落ちて
かすかに青味がかった夕闇が
風も止んだ辺り一面を

真空のように抱きしめていく
空っぽでなおも濃密な砂の大気よ

呼気　吸気
呼気　吸気　と
陶然とする間に
巻かれ漉されるように立ちすくむ
砂の重力
死ぬまでに一度でいい
そこに立ってみたかった
十九歳のひらめきから
幾十年もの年月が過ぎていた

アジアの果て

緑濃い島国から
はるかなサハラの地平に立つことを
無心に夢見た若さよ
その訳は今も説明できない
まさか星の王子さま？　と
首をかしげてみるが
生涯とは不思議な願いの記憶が
縒り合う毛糸玉だ

飾り棚の扉の中
小さなグラスに静まる
うす紅いサハラの砂よ
砂が象るローズ・ド・サハラ
砂漠の薔薇よ

思い出はいまもなお
生きる日々の縁《へり》を
静かに揺らしていく

瀾滄江

下ればすぐさま
国境である
ビルマ　タイ　ラオスを分け
カンボジアを縦断し
ベトナムのデルタから
南シナ海に注ぐ
メコンの大河

赤土をさらって

かすかに草色に濁る水の色だが
人も家畜も野菜も
一つの木船に乗せて
等身大の暮らしを運びながら
雨期に曇るアジアの空の下
悠々緩々と流れ

「你们好」
「我来了東京」
「我们来了大理」
つつましげな漢人たちに
市へ行くタイ族の人々の
うすものの原色が混じりあい
水の上

もはや互いに微笑みだけが
交わされていく

永遠のニケ

遥か古代のギリシャの海に
ロードスの戦の勝利を寿ぎ
ガレー船の舳に降り立った
勝利の女神ニケよ
力みなぎる大きな翼を広げ
頭部も両の腕《かいな》も失いながら
サモトラケの海風吹く岩の間に
敢然と立っていたという

ルーブル美術館では
いきなりの出会いだった
どっしりと広い階段の踊り場で
悠然たる勝関の気魄と
女神のオーラを
惜しげもなく降り注いでいたニケよ
人心地を吸われるままに
茫然として立ちすくんだ

いま机上の壁に日々見上げるのは
黒を背に立つ一枚のグラビアのニケ
力みなぎる左半身を見せ
音もなく翼をはためかせている

かの戦以来二千数百年
いまだ日々新たな砲撃の止まない
ウクライナの戦線よ
神話の時代は疾うに終わったのだ
ニケよ　その力溢れる両の翼で
今こそ永遠の平安を
人はもはや互いに殺し合わないという
究極の勝利の輝かしさを導き給えと
切なる祈りに見上げる間にも

戦火の丘陵に砲弾は炸裂し
廃墟のように崩れ落ちた市街の名残を
巨大な戦車のキャタピラーが
傲然と踏み潰し続けて行く

ビルケナウの部屋

絵の具は厚く層になって塗り込められ
その上を
底知れない激しさが削っている
白と黒　少量の赤また緑

アウシュビッツ＝ビルケナウ*
身丈を大きく超える
四枚の抽象画に重ね塗り込められた
残虐の底知れない闇の深さよ

言葉など微塵に砕け散ってしまう

隣り合う壁一面の暗い鏡に
水底のような薄やみが
立ちこめて
四枚が反転し映り込む
沈められたように
息が押し込められる
寒々と慄えるように
立ち尽くすまま動けない

＊二〇二二年六月～十月・東京国立近代美術館　ゲルハルト・リヒター展より

大光里の人

七日間の韓国の旅の終わり
フリータイムに一人になった
ソウルからローカル線に乗り継いで
気まぐれのように降り立った
北との境に近い大光里《テグァンニ》駅
軍事境界線まで一キロの
小さな川のある田舎町だった

八月の暑熱に渇き喘いで

坐りこんだ鄙びたタバン*1で
後から入ってきた地元の男の人に
日本人ですか？　と
いきなり聞かれた

わたし　日本で生まれた　大阪
加藤先生　友だち　田中君！
はじけるような勢いで
ぎこちないまま
日本語が止まらない

白いポロシャツに黒のズボン　サンダル姿
陳さんは六十五歳　農家の人だった
きれぎれの日本語

おぼつかないメモ書きから
東商業の生徒だった十七歳で
少年航空兵に志願した[*2]
都城で特攻隊の出撃を待機するままに
終戦となり一九四九年に帰国したと知れた

話す間にもお昼となって
プルコギの店の奥でご馳走になった
ここに来てから日本人はじめて
あんたさん初めて
なつかしい！　日本に行きたい
でもたいへんお金いる　とても行けない
でも本当に行ってみたい

駅前まで送られて
あと十五分
コーヒーを飲まないかと
すがるように言うのだった

四つ角で食事やお茶のお礼を言い
さようなら　お元気でと手を振った
陳さんは俯いて後ろ向きのまま
片手をひらひら泳がせ
もう振り返らないで小走るように行く
今度は本当に泣いていているようだった

旅の記憶は少しずつ遠のいていったが
彼のことは忘れられなかった

陳さんにとっての日本の日々は
幸いよき友よき師に恵まれた
懐かしい少年時代だったのか
特攻志願もその流れなのだろうか

その年の暮れ
手紙とあの時の写真に添えて
気持ちばかりのお礼の品を陳さんに送った
返事はなかったが
あれはきっと届いたと信じている
一九九一年の事であった

＊1　喫茶店
＊2　図書館の古い新聞に、当時の特攻隊志願の少年たちの記事があり、中に東商業の名が見える

Ⅲ

この世の蓮

人影ない夜明けの蓮池に
透きとおった光が一筋射しはじめる
水の面にひしめく
厚い大きな葉の脇から
すっくと伸びた茎の先で
うす桃色をふわりと開いていく
気稟に満ちたつぼみの合掌

土に埋もれた種のままに

二千余年もの長き時を
深く深く眠ってから
ようやく目覚めた古代蓮の
花びらたちの静の舞よ

その奇跡の花の遥かな時間を
ゆったり胸に抱いて帰る道々
見上げれば
多摩丘陵の森かげの上
まひるの空に盛大に湧き上がる
真っ白な夏雲はこの世のもの

足腰いつも辛そうだった
あの母に履かせてあげたい

あのふわっふわの雲の靴
ふっかふかの雲の蒲団

夏雲はやがて薄く消え流れ
蓮池に見つめた花の清らに
そっと送られるような帰り道
面影の母と二人
ただ黙して行く

谷中

谷中銀座は　夕焼けだんだん
下って小さな賑わいを行く
丸い豆腐を袋に泳がせながら
墓地の筋へ廻る夕刻

世に遍く知られた墓石の名こそ幸いか
だがあまたの無名の墓のうちには
思わぬ無念の死者も眠っていて
今やその無名こそむしろ幸いかと

そぞろ思いはせる帰路の坂道
ただ見渡す限り林立する石の面が
みな同じ日暮れのひと色に
淡く濡れているばかりだ

町筋に抜ければ
小さな縄のれんの店先からも
黄色い灯りが漏れている
早くも酔いが回ったか
客より先にオダを巻く名物亭主に
馴染みの仲間の宥める声が
往来にきれぎれ零れつつ風に消える

今夜もまた

いつ帰るとも知れぬ者は待たず
一杯のビールに豆腐はゆるく崩して
われひとりの夕飯《ゆうめし》である

*

あれからいく十年か
思えば昭和も平成も
いつしか終わっていた

令和の谷中を囲むビルの林立
その窪み　路地から見上げる狭い空に
電線は黒々といや増しうず巻き
インバウンドとやらが詰めかけて

いっときそぞろ歩きに溢れかえったが
恐怖のウイルス突然の蔓延に
たちまちあっけなく静まり返った

生き難さに躓く者には優しかった
かの酒場のご亭主も
いつしかおぼろな色に溶け込んで
そこいらばかりは
今もひっそり
たゆたっているのだろうか

夏至

お暗い木陰に
ぽつぽつ灯るあかり
降りみ降らずみ雨の間に
しっとりと結ぶ紡錘形
枇杷の弾みは人肌の実

夜十時すぎ
お向かいの棟の五階では
いつものお婆さんが

やっぱり暗い中で
一人テレビの前にいて
ぼおっと青く光っている
おととい彼女は
うちの五階とまちがえて
あけて！　あけて！　と
悲鳴のようにドアをたたいた

――あれはお前不吉だよ
裏口のお便所わきに
よくある枇杷の木
眠れん夜明けにしゃがんで聞く
葉っぱに落ちるパラパラ雨は
ショギョウムジョウの音がするよ

うちのばあちゃんはそう言って
ずっと昔
これという病気もないまま
老衰もようであの世に行った
入れっぱなしのあんかで
低温やけどしたままお棺に入ったが
落ちた実が土に帰るようだった

美しい形に結ぶ
枇杷の時間は確かだが
いまだ私は夜ごと
脂肪がとりまく腰を撓めて
あさましき原型復帰をあがき

甲斐もなく
午前零時
お婆さんはまだ燐光の中にいる

二月の林で

裸木の枝先に
冬陽がゆるく当たっている
枝ごとにその片側を鈍く光らせ
冬の底で密やかに春は始まるのか
硬い小さな突起ごと
寒風に吹き晒されながら

木々は内側から
耐えに耐えた季節をためこんで

はちきれそうなのだ
木肌に紛れる花芽こそ
そのいのちの先端

冷えきった晩秋の風に
一切合切葉を落とした潔さよ
それで花盛りが
あんなにも心を引き寄せ
それで新緑がそんなにも
瑞々しく翻るのか

二月の林の中で
改めて目を見張る発見など
何一つないことが

今やむしろ静かな喜びだ
通り抜ける一匹の生きものとして
じんとした風になぶられていく

春の出口

春の雑木林は
木肌の内側から赤らむようで
樹皮さえ匂う気配がする
まばらな木々が尽きるところ
大きな白木蓮の花や蕾の
やさしい灯りに誘われて
深々と息を吐く

林の縁の小さな空き地に

菜の花が群れ咲き
やがて若葉の下の明るい陰に
落花のように落ちる雨
とどこおりなく寄せてくる
草木の回り舞台で
時の震えにつかまれる

思ったより
少し遠くに来すぎたのか
出口はここと
自分が決めてもよいのだろうか
ふと立ち止まろうとした坂道で
小さな切り株に足を取られた
空がゆるやかに反転する

ドクダミの吐息

六月の木陰の下草は
いちめん可憐な白十字の花と緑
突き出た黄色い花芯が
かすかな吐息を
いっせいに放っている

あるいは小花は
うすく見開いた凄艶な眼ざしで
びっしり重なる濃い葉叢の

スペードたちは
触れれば臭い立てて揃い踏む
女王さまの傭兵たちか

ドクダミ　あるいは毒痛み
その名が揺するイメージよりは
矯める　止めるともいわれる
江戸の昔からの薬草らしい

地下茎で
どこまでも広がり続けるから
草取りする農家の嫁には
ひどくいらだたしい余計者だ

それがいまや
ほとんど一瞬の間に
手品のように消え失せる
草刈機のすさまじさよ
青草の切ない吐息も
みるみる日差しに散り溶けて

サロベツ原野

最北のサロベツ原野に
晩秋の風は
リョウリョウと吹きすさみ
人影は遠く
幻は白く霧にまかれて
利尻富士の山影も見えない
どんな道を分け入って
ついにここまで来たのか
総括を迫る風が凍み通る

老齢や病に身罷りし祖母や父母
水兵のりりしい遺影一枚残して
二十歳前後で戦死した
若き二人の叔父たちに
その面影の似る妹も
難病に巻かれすでに世になく
ただ一人残った身内は
自らの記憶もおぼろに霞んで
閉ざされた病室に横たわっている

一族の最後の者は
もつれそうな歩みのまま
そうしてどこまで行けるのか

迷路のような危うい順路の
最後の折り返し地点で
さらにも濃く末路を揺する
霧の原野で

Ⅳ

モルフォ・ブルー

ぎらつく熱帯の樹々の茂み
鬱蒼としたジャングルの奥深く
乱舞の闇に紛れた蝶たちが
つと開く
その羽の内の青、
というにはあまりに眩しい
モルフォ・ブルー

蝶の木と見まごうばかりに

数知れぬモルフォ蝶らの集う
命の狂乱
果てしない宴のダンスよ

コスタリカの森の奥深く
秘事のように誘い仄めく
無数の蝶たちの
めくるめく乱舞の画面が
ふっと消えれば

ぼんやりした灯りの下
眼裏《まなうら》に残像がチラつくまま
遅い夕餉を囲む
老いた二人の眼も手元も泳ぐ

人の番いは長い命の間に
銀粉ならずも年ごとにホロホロと
内も外もゆっくりと剝がれ落ち
みる影なくすり切れていけば
ただ息継ぐばかりの夜となる

モルフォ蝶たちは
いつしか大きな群となって
人が線引きしたいくつもの
国境など軽々と超え
遥かな大陸を延々渡っていくという

妖しいまでのモルフォ・ブルーよ

私は一人瞳の奥深く蝶と戯れ
せめて今夜の美しい夢としようか

水槽のマンボウ

薄日が陰り始めた午後の日本海
見下ろす水族館の順路の先は
小学校の教室ほどの部屋いっぱいに
嵌め込むように置かれている
四角い大水槽がただ一つ
中には巨大なマンボウたったの一匹
なすすべもなく
端から端へ鼻先をぶつけんばかりの
リターンリターンまたリターンを

果てしもなく繰り返している

マンボウはまっすぐにしか泳げないという
皮膚は弱すぎるので触っただけで痕がついて
それが元で死んだり
岩なんかとぶつかったりすれば
やっぱり死んでしまうらしい
世界で一番重いという硬骨魚類*は
三億個もの卵でたったの二匹くらいしか
成魚になれないと読んだ気がするが
本当だろうか

だからなのかその水槽には
岩棚も海藻も貝も小魚も何一つない

なんだか深く胸をつかれて
茫然と立ったままの私の目を
そのまん丸な目をギョロリと剝いて
確かに一瞬私を見たマンボウよ

閉館のベルが鳴っている
隈々《くまぐま》の多い迷い道や一瞬のような日々
何十年もよろめき生きてはきたが
我こそついにあのマンボウに親《ちか》しいか
帰路えんえん続く暗い列車の窓に
きれぎれ浮かんではふいに流れる
己の影を見るともなくまどろめば
住みなす街の覚めた暮らしへ
刻々と引き戻されつつ

旅の終わりは暗く溶けていく

＊　脊椎動物の一群で、全身の骨格が硬骨でできている魚類

ジェット機に乗った渡り鳥

ある夏の夕暮れ／農家の納屋の巣に帰ろうとしたツバメの若鳥ピチは／通りかかった大型トラックの幌に触れて／ふらふらと道端に墜落した／見つけた子どもが動物病院へ連れて行ったが傷はすぐには治らない／ツバメの一家は近く渡りの時を迎えているのに／遠いオーストラリアまでピチはすぐには飛べない／渡り鳥を次の春まで子どもが飼うのもむずかしい／そんな話を聞いたジェット機の機長さん／ツバメがもう少し元気になったなら／オーストラリアへ行く便に乗せてあげようと申し出た／世界で初めて旅客機のお客になって渡ったツバメのピチは／こうして無事に群れの渡り先の空に放たれたということでした

それはまだ子どもが
二歳くらいだった頃のこと
もう少し大きくなったら
「本当にあったお話よ」と
面白く話してあげようと
切り抜いておいた小さな新聞記事が
いつしか文字も見にくいほど茶色くなって
ふとしたはずみに
物の奥からすべり落ちた

その時子どもはもう中学生
友だちや部活で目いっぱいで
そのままになり数十年

ある日園児になった初孫を見て
そうだあれを絵本にして
読み聞かせたらどうかしらと
思いつく間に
またもやどこかに紛れてしまう

あれからピチは
オーストラリア―日本の間を
何度往復したのだろう
ツバメの寿命は知らないが
ルートはきっと代々続いて
ピチの子や孫、曽孫や玄孫
えんえん行き交う空を想えば
ばぁばは一人ほくそ笑む

いつかはきっとこの顚末を
みんなに話して笑いたいなと
気持ちはいまだ
ピチといっしょに
大空遥けく飛んで行くのだ

ミシンとマスク

お暗い山すそに
花びらをそり返して群れ咲く
カタクリの花たちも
夜はそのやさしい花びらを
静かに閉じて眠る

年ごとに進む難病に
とりこめられて二十数年余り
強いられた全身のこわばりも

ついに解かれたのか
永の眠りに就かれたあなたよ

不自由が募ることには負けまいと
日々思いの限りを尽くした
あなたの最期の時間は
マスクを縫うミシンの前で
うつ伏せのまま旅立ったという
街では新型コロナの疫病が
みるみる広がり始めた年の三月
母としてなおも家族を守ろうとして

晩年になっても
車椅子でバスや電車を乗りつぎ

堪能だったフランス語の教室へ通った
素材にもこだわった家族のための料理万端
病気のことは主治医も驚かす勉強ぶりで
われと我が身を励まして
力つきるまでありたき己であろうとした
真にあっぱれなあなたよ

庭の花木も野の花々も心より愛でた
あなたの思い出を
勢い増す春の花たちに寄せて偲べば
あなたの心の強さに
ついに病自らが退散したのだと
感嘆するばかり――

いまはもう天上のこの上ない安らぎに
どうか心ゆくまでお眠りください

晴れ間へ

だれかが呼んでいる……
毛布をすかさず引き上げる
だれなの……お願い誰も呼ばないで
丸めたティッシュ
広げたままの床の新聞
だれかがまた……
いません　だれもいません……
脳に半透明のモヤがゆらいで
ほとんど死にかかっているような

人の他には

だれかが……
陽が回って足もとだけが寒い
もしかしてあの人かもしれない
やめられない習慣に引きずられるように
這うようにして立ち上がる
と　その時を待っていたかのように
呼ぶものはふいに鳴り止んだ

無音のさざ波が
部屋の気配を静かにゆらしはじめ
そっと私を息づかせる
先ごろふいに出会ったあのマグリットの

〝大家族〟のように

海から巨大な鳥が飛び立っていく
どんな羽ばたきの音もなしに
翼の中にうす青い空と
やさしい雲を浮かべて
わたしのモヤを蒸散させていく

もう　うずくまらないでいよう
きょうはじめての意欲を
壊れ物のように掬い上げ
ゆっくりと目を瞠って
静かな息を吐く

あの絵のような何かを
いつか一つ
書き上げる日のために

あとがき

三年にも及んだ新型コロナウイルスによる地球規模のパンデミックが、この春また何度目かの引き潮の気配となった。感染が死に至る重症化を招きやすいと高齢世代には外出控えが奨励されて、引きこもりまがいの習慣がすっかり我が事になってしまった年月でもあった。

このコロナ禍の始まる前年の秋、長いブランクの後にようやく成った私の第二詩集『サハラ辺縁』が上梓された。それを機に、古くからの詩人の仲間や友人などと、久々にお会いできる嬉しいチャンスも約束できたのに、にわかに外出や集合の自粛が求められる成り行きで、何とも心残りの多い日々へと変わってしまった。

しかし、その間のもっぱら巣ごもりの日々は、結果として心置きなく時間をかけ、腰を据えての読書や詩作、エッセイなどのための雑文やメモ等の整理、友への手紙などに常よりもゆとりをもって向かえる、私にとってはむしろ幸いな期間にもなったのだった。

それがどれほどの充実となったかは覚束ないが、この時期の詩作を中心にした『明けぐれの人』が、「詩と思想」五十周年の新詩集シリーズの一冊として出版に繋がったのは、思いがけない喜びであった。

今年の桜はいつになく早かった。その後に続いた長雨や曇り空、小寒い晴れ間に花はまだ満開のまま、並木に隣り合う欅の大木の、これも例年より早い若葉と連れ添うようだった。見慣れぬ取り合わせに、コロナ明けもそろそろ本番だといいけどと、眩しく眺め入った。

このたびの制作には、土曜美術社出版販売の高木祐子社主より細やかなご配慮をたくさんいただきました。心より感謝申し上げます。

二〇二三年四月

風森さわ

著者略歴
風森さわ（かざもり・さわ）

1942年　名古屋生まれ
劇団活動ののち私塾教師　94年～08年編集工房らんてい主宰
90年代／詩誌「ASYL」、「さよん」同人

旅行記『旅のかたち・雲南』（紫陽社・1991年）
詩集『地軸の風』（紫陽社・1993年）
　　『サハラ辺縁』（土曜美術社出版販売・2019年）
小説『切岸まで』（講談社・2003年）第一回文の京文芸賞最優秀賞受賞

現住所　〒225-0011
　　　　神奈川県横浜市青葉区あざみ野 3-3-8-506　本多方

詩集　明《あ》けぐれの人《ひと》

発　行　二〇二三年六月三十日

著　者　風森さわ
装　丁　高島鯉水子
発行者　高木祐子
発行所　土曜美術社出版販売
〒162-0813　東京都新宿区東五軒町三—一〇
電　話　〇三—五二二九—〇七三〇
F A X　〇三—五二二九—〇七三二
振　替　〇〇一六〇—九—七五六九〇九
印刷・製本　モリモト印刷
ISBN978-4-8120-2777-6　C0092